문학과지성 시인선 546

동물의 자서전

이기성 시집

문학과지성사

문학과지성사에서 펴낸 이기성의 시집

불쑥 내민 손(2004)
타일의 모든 것(2010)
채식주의자의 식탁(2015)

문학과지성 시인선 546
동물의 자서전

펴 낸 날 2020년 9월 14일

지 은 이 이기성
펴 낸 이 이광호
주   간 이근혜
편   집 박선우 최지인 이민희 조은혜
펴 낸 곳 ㈜문학과지성사
등록번호 제1993-000098호
주   소 04034 서울 마포구 잔다리로7길 18(서교동 377-20)
전   화 02)338-7224
팩   스 02)323-4180(편집) 02)338-7221(영업)
전자우편 moonji@moonji.com
홈페이지 www.moonji.com

© 이기성, 2020. Printed in Seoul, Korea

ISBN 978-89-320-3769-1 03810

이 도서의 국립중앙도서관 출판예정도서목록(CIP)은 서지정보유통지원시스템 홈페이지
(http://seoji.nl.go.kr)와 국가자료공동목록시스템(http://www.nl.go.kr/kolisnet)에서
이용하실 수 있습니다. (CIP제어번호: CIP2020036306)

문학과지성 시인선 546

동물의 자서전

이기성

시인의 말

어느 날 우연히
이 책을 펼쳐 보게 될
당신에게,

이것은 사랑에 관한 시입니다.
당신의 말입니다.

2020년 9월
이기성

동물의 자서전

차례

3부

4부

해설

1부

망각

이게 뭘까. 입속에 수북한 눈송이. 하얀 눈 흩어진 벌
판에 나는 갇히리. 하얀 사람이 되어가리. 어디선가 노랫
소리 들려오면 너는 노래를 하고 있구나, 생각하리. 환한
난롯가에 앉아 편지를 쓰고 겨울밤 내내 뜨개질을 하고
있구나, 너의 눈썹이 녹아서 뺨 위에 검은 물 흐르는구
나, 그것은 눈물이 아니구나, 생각하리. 너의 망각 속에
서 나는 하얗게 얼어붙으리, 생각하면 이게 뭘까, 내 입
속에 수북한 눈송이.

동물의 자서전

여긴 시끄러운 동물들이 많군요. 동물의 냄새가 딱딱한 공기처럼 굳어가고 있어요. 동물들의 얼굴처럼 희미해지는 계절에

이 건물의 12층엔 검은 정장을 입은 시인이 산답니다. 그는 차가운 손으로 문서를 만들고 자주 손을 씻어요. 청결이야말로 그의 유일한 유산입니다.

그가 밤새워 만든 문서는 새벽에 배달됩니다. 그걸 검은 빵처럼 우물거리며 동물들이 하루를 시작하고

시끄러운 동물들은 겨울을 좋아하고 꼭꼭 문을 닫고 두꺼운 담요를 뒤집어쓴 채 열중합니다. 꽁꽁 얼어붙은 손가락은 공중에

어떤 문장은 얼음 바다보다 깊습니다. 그건 자정보다 어둡고 밤의 허벅지를 찌르는 파란 뿔을 가지고 있고

어느 날에 꽃을 피웁니다. 그것은 30년 후에 혹은 백년 후에 돌아올 폭풍과 같으며 눈물처럼 범람하는 것

시인에게는 아직 많은 밤이 남아 있고 시끄러운 동물들은 어느새 침묵을 배웠습니다. 침묵, 그건 오래전에 잃어버린 기침과 같아요

동물의 얼굴에 눈이 쌓이고 밤새도록 새하얀 동물의 자서전이 씌어집니다

도서관

오늘은 수 세기 전 고문서 창고에 숨어 있던 벼룩 한 마리 톡 튀어나와서 틱틱톡톡 뛰어다닌다면

저 두꺼운 책들의 엉덩이에 들러붙어서 달콤한 피의 향연을 벌인다면 납작하게 눌어붙은 혁명의 이마를 간질인다면

축축한 창고 바닥을 굴러다니던 오래된 술병 속에서 시인의 재채기처럼 톡 튀어나온 새하얀 벼룩이

주점 아가씨의 스텝처럼 명랑한 벼룩의 춤이 먼지투성이 창문을 쿵쿵 두드린다면 천장에 고요히 박혀 있는 별들을 흔들어 떨어뜨리고

그러니까 시인의 쭈글거리는 뺨 위를 흐르는 이건, 어쩌면 눈물이라는 것이겠지만, 그건 잿빛 먼지처럼 가볍고 불멸의 문장처럼 지루하고

오늘은 심장의 시큼한 누룩과 푸른곰팡이 냄새에 취한 채 무의미의 귓불이 하얀 반죽처럼 부풀어 오르고 아가씨의 검은 머리카락처럼 출렁이고

창고 속 늙은 혁명의 이마 위에서 틱틱톡톡 명랑한 벼룩의 춤을 춘다면 백 년 동안 쌓인 먼지처럼 두꺼운 겨울이 오지 않을 춤을 함께 출 수 있다면

마르크스를 훔치는 시간

누가 나의 발을 훔쳐 갔어, 노인이 내게 속삭였다. 차가운 밤이다. 나는 지하 통로를 걸어가고 있었는데, 늙은 도둑고양이로 착각한 모양이다. 노인이 내 누런 바지를 잡고 매달렸다. 나는 고양이가 아닌걸. 하지만 목소리는 어느새 배고픈 고양이 울음을 흉내 내고 있다. 통로 밖은 어둠이다. 내 품속에 있는 건 당신의 발이 아니라, 마르크스인걸. 분노한 노인은 내 멱살을 쥐고 흔들었다. 그러자 툭 떨어진 책이 두 발로 잽싸게 달아나기 시작했다. 마르크스를 뒤쫓는 고양이, 노인이 주저앉아 엉엉 울음을 터뜨린다.

재단사의 노래

가수여, 당신의 노래를 어디에서 가져오나요?
깨진 창문에서 흘러나오는 푸른빛 적막한 목소리를

1970년에 그는 재단사였습니다. 가장 아름다운 옷을
짓기 위해 목소리를 버렸지요. 누가 검게 그을린 그 목소
리를 주워 갔습니까?

그러나 당신은 1970년을 모르고, 그건 당신이 태어나
기도 전의 일이겠지만, 노래는 1년 후에도 30년 후에도
아스팔트 위를 굴러다닐까요? 화염의 구멍이 별처럼 숭
숭 뚫린 외투와 같은 노래는

검게 타버린 슬픔과 슬픔의 아이들이 하얀 팔을 뻗어
서로를 꼭 끌어안고 있는 저녁

골목의 지하 방에는 슬픔의 재단사들이 잠들어 있어
요 그들은 밤새 은빛 가위로 밤을 오려 가장 검은 외투를
만들었답니다 당신의 것이 될 외투를 재단하느라 부르튼
손으로
딱딱하게 굳은 세월의 심장을 어루만지며

파란 슬리퍼를 신은 뚱뚱한 가수여
오늘은 그것을 어디로 가져가나요?
지난밤의 별빛과 겨울의 입김과
자정의 촛불로 지은
늙은 재단사의 외투를 입은 노래를

죽을

이것은 음식입니까? 죽이라고 부르는, 걸쭉하고 흘러 내리는 이것을, 삼켜야 합니까? 영혼의 어디서 깨진 종이 울릴 것 같은 이것을 말이죠.

우리는 배가 고팠고, 배가 고픈 아이들은 많았고, 죽은 늘 부족했어요, 그러니 손바닥 가득 죽을, 죽을, 노인이 소리쳤어요. 간절한 죽처럼, 검은 죽처럼, 죽과 같이 나는 사라지리, 나는 점점 흐려지리, 늙어버린 영혼이 깊은 곳을 텅텅 울리면서 수탉처럼 소리쳤습니다.

하지만 나의 왼쪽, 왼쪽, 더 왼쪽에서 검은 새가 울고, 깨진 종들이 사방에서 울려대고, 죽을 가진 아이는 어디로……

번쩍이는 빙판 같은, 참혹한 전쟁 같은, 결국은 죽과 같은 그것을, 저 멀리 알지 못할 도시가 있고, 그 도시에 죽과 같은 눈동자가 있고

새하얀 얼굴과 같은 죽을, 죽음을 넘어서 죽을, 가장 먼 음식을, 묽고 투명한 죽을 말입니다.

오, 당신의 입가에 죽이 흘러내려요.

죽기 전에

죽기 전에 기도는 하지 않겠다. 너무 아름다운 사람들이 나는 두렵다. 아름다움이 무엇을 숨기고 있기 때문일까?

한 장의 꽃잎을 들추면 와글와글 벌레 떼. 꽃잎 떨어지는 순간을 기다려 순식간에 달려들었을 검은 후회의 무리들.

봄날의 시간을 탕진하고 무구한 것들을 밟아 죽였으니 슬픔의 여린 손목을 잡아주지 못했으니

나는 죽을 때까지 용서받지 못할 것이다. 죽기 전에 두 손을 호주머니에 숨긴 채 후회의 검은 열매를 열렬히 어루만질 테다.

불타는 망각의 외투를 껴입고

알 수 없는 말을 중얼거리며 황혼에 취한 늙은 아이처럼

적막

조용한 시절에 대한 시를 읽었다.

그런 시절은 다시 오지 않을 거라고, 시인은 말했다.

그의 검은 입이 생각난다.

그는 자신의 틀니와 오래된 냄새가 싫었을 것이다.

그러다 문득 주위가 서늘해지고 이렇게 조용한 시절
이 온다면

적막은 어디로 가나, 생각했을 것이다.

커다란 담요처럼 나를 뒤덮고 있는 이것은 무엇인가?

이빨이 몽땅 빠져버린 노파처럼 적막은

적막하구나, 거대한 안개처럼 소리 없이 짖으며 달려
오는 그것은……

점점 흐릿해지는 기억 속의 흐릿한 그것은……

적막은 숨이 끊어진 뒤의 것이고

나는 아직 숨을 쉬고 있는데

그 조용한 시절은 어디로 갔을까?

고개를 들어 주위를 둘러봤을 것이다.

까맣게 탄 적막을 몸에 두른 채

적막은 적막의 얼굴을 보았을까?

적막의 허연 혓바닥이 핥고 간 유리창에 비친 그것을

시인은 틀렸다, 시인의 얼굴을 덮은 흰 종이
시인의 숨이 얼어붙은 그것을
안개처럼 입을 틀어막은 그것을
적막이라 부르지 않을 것이다.
검은 무화과처럼 쪼그라든 시인의 입술과 함께
조용한 시절 속으로 가버린 그것을,

그림자

당신을 따라갔다. 하얀 운동화를 신고 갔다. 오래전 당신을 따라간 내가 오늘 당신을 따라갔다. 도청 앞에 여자들이 옷가지와 운동화를 쌓아놓았다. 춥고 배고픈 사람이 많다고, 노란 스카프 두른 여자가 확성기를 들고 소리친다. 늙은 남자들이 쭈그리고 앉아 뜨거운 국밥을 퍼먹는다. 예전에 그들은 두꺼운 군화를 신고 있었지만 지금은 그저 노인일 뿐이다. 쭈글거리는 손등과 누런 얼굴의 검버섯을 공평하게 나누어 가진. 여기서 사람들이 죽었다는 걸 믿을 수 없다. 내 입에서 침이 흐른다. 한 사람 또 한 사람이 당신을 스쳐 간다. 나는 춥고 배가 고픈 것 같았다.

고기를 원하는가

고기가 되었다. 나는 던져지고, 베어지고, 씹혀지고, 삼켜지고 그래도 남은 것이 있어 나는 고기로 있다. 이 회색의 고기는 질기고, 무참하고, 아픔을 모르고 그래서 계속 씹히고 있는 채로 있다. 고기의 몸으로 구르고 씹히 니 즐겁고, 기껍고, 어쩐지 고기인 것이 더 느껴진다. 고 기는 어느 뼈아픈 시절의 고기인가, 의문도 잊은 채 적막 한 고기처럼 있다. 사랑에 빠진 고기처럼 고기는 고기를 원하는가.

햇빛

오늘은 배가 고프다. 아무거나 주워 먹으면 안 된다, 그렇게 말한 사람은 누구일까. 배가 고파서 나는 아무거나 먹는다. 고기를 먹는다. 토마토를 먹는다. 길에서 주운 돌멩이를, 쌀과 두부와 고기를 또 먹는다. 배가 고프지 않을 때도 아무거나 먹는다. 프라이팬에 올려진 책에선 좋은 냄새가 난다. 하지만 조금 후엔 『혁명』의 가장자리가 누렇게 타버릴 것이다. 당신은 미안해한다. 괜찮다, 나는 책을 많이 가지고 있으니. 내일은 책에 버터를 두껍게 발라서 먹을 거야. 표지에 그려진 작가의 얼굴이 우울하다. 그는 맹인이었는걸. 밤의 도서관을 발명했잖아. 자꾸만 검은 미로 속으로 들어갔잖아. 깨진 거울 속에서 배고프다 소리치고 있잖아. 그런데 당신은 언제 책 속으로 들어갔니? 내일은 햇빛처럼 배가 고플 것이다.

생일

흰 종이에 8월이 왔다고 쓰겠다. 8월엔 아이들이 태어나고 아이들은 커다란 신발을 신고 걸어간다. 오래된 그림자를 끌고 간다.

8월엔 비처럼 발을 젖게 하는 이야기가 있고, 너의 머리에서 떨어진 물방울이 흰 종이에 검게 번져간다.

8월에는 머리를 단정하게 빗고 부끄러워하면서 고백을 하겠다. 8월엔 아이들이 돌아오고 너는 없다.

산책자

오늘 아침에 네가 사라졌다. 네가 나의 발이었다는 걸 깨닫는 데 오래 걸리지 않았다. 이제 산책은 무의미하다.

오전에 차를 마셨다. 녹색 찻물을 우려 천천히 마셨다.
어제의 환멸이 미지근한 햇빛처럼 창문으로 들어와 발의 언저리에 머물렀다. 이젠, 발이 없구나.

오래된 시집을 펼친다. 잿빛 머리카락 같은 게 부스스 떨어진다.
유리컵에는 물이 화병에는 마른 꽃이 현관에는 검은 구두가 늙은 시인처럼 입 벌린 채 완강하게 잠들어 있다.

실내에 가득한 공기가 천천히 굳고 있다.

아침에 사라진 너는 밤에도 사라진 너이고, 나는 사라진 발을 어루만지면서 산책에 대한 긴 이야기를 시작한다.

영영

첫번째 여자가 소리친다. 이 골목이 아니에요. 검은 개가 놀란 듯 고개를 치켜든다. 그래요, 이 골목이 아니군요. 두번째 여자가 중얼거린다. 개는 다시 눈 감고 느릿느릿 엎드린다. 어제를 잃어버린 노인처럼 그림자가 길어지고 골목은 어느새 앞모습과 뒷모습이 똑같아진다. 세번째 여자가 흰 수건 흔들며 가파르게 소리친다. 이 골목은 아니에요. 아이를 잃은 여자처럼 영영 밤을 찾아 헤매는 사람처럼 절규하는 골목, 골목, 골목…… 개는 눈 뜨지 않는다. 골목에서 사라진 아이들은 어느 날 늙은이가 되어서 나타난다. 구부정한 개처럼 절뚝거리며 두리번거리다 문득 고개를 쳐들고, 그런데 이 골목이 아닙니까?

2부

풀이 되다

늙으면 풀이 될까? 늙은 다음에 풀이 되는 걸까?

우리는 조금씩 흔들리지만 누구도 풀이 아니기 때문에 여기에 있다.

풀이 되지 못해서 조금씩 흔들리지만 풀이 되려고 흔들리는 것은 아니다.

너의 이름을 알지 못해서 풀이라 부르기로 한다.

우리는 풀처럼 명랑하게 웃고 저녁에 헤어진다. 따뜻한 손이 식는다.

밤에 늙으면 풀이 될까? 늙은 다음에 풀이 되는 걸까? 계속 생각하는 것이다.

이상한 우정

나는 길고 긴 이름입니다. 오래전에 구겨진 종이입니다. 나는 백 년 전의 구름이며 어슬렁거리는 감자이며 어제의 젖은 옷입니다. 당신이 벗어 던진 구두입니다. 그것은 한 짝이 뒤집힌 채 현관에 있습니다. 오늘 밤 당신이 나와 함께 간다면 당신은 구겨진 옷을 다시는 주워 입지 못할 것이고, 내일 아침 사람들은 낡은 구두를 보며 생각에 잠길 겁니다. 아주 감상적인 목소리로 당신의 이름을 기억하려 애쓸지도 모르겠습니다만, 당신의 구두는 당신이 아니고 모두 그걸 알고 있으니 텅 빈 구두쯤이야. 그들은 서둘러 검은 비닐봉지를 찾으러 달려가겠지요. 그때에도 괜찮다면 나는 아주 조용한 얼굴로 당신의 등 뒤에 서 있겠습니다. 구겨진 종이의 모호하고 다정한 얼굴로 말입니다. 비가 오고 바람이 불도록 아주 오래도록……

이야기

밤길을 걷다가 문득 당신은 누구와 닮았나요? 누구와 닮지 않았나요? 더는 묻지 않고 어두운 숲을 지나 굳게 닫힌 성문 지나 사람들이 잠든 마을에 들어서는 것이다. 사람들은 모두 죽은 듯이 자고 차가운 얼굴에 자꾸 눈이 쌓인다. 당신은 누구와 닮거나 닮지 않았나요? 나는 잠든 아이를 모르고 앙다문 이빨 사이로 새어 나오는 꿈의 젖은 손가락을 알지 못하므로 흰 눈을 외투처럼 뒤집어 쓰고 걸어간다. 사람들은 영영 깨어나지 않고 백 년 동안 검은 전염병이 창궐한 뒤에도 나는 살아남을 것이다.

선고

내게 부족한 것은 물이 아니에요. 그런데 물을 찾아 두리번거리는 저 사람은 누구인가요?

납작한 그의 뒤통수가 낯익군요. 그는 분명 새처럼 뾰족한 입술을 가진

곡괭이처럼 날 선 부리로 열심히 백지 위의 얼굴을 쪼아대는 자일 것입니다. 헐렁한 그림자 같은 그에게 질문을 던질 수도 있겠습니다만

아시다시피 나는 예절을 알고 규칙을 엄수하는 그런 사람인데…… 그리고 오늘 밤 내게 부족한 것은 물이…… 결코 물은 아니지만

창백한 그림자 너머 저건, 도대체 무엇입니까? 검은 새 떼처럼 방 안으로 자욱하게 몰려오는 저건? 자정의 종소리처럼 번쩍이며 공중에서 마구 쏟아지는 건? 우리가 한때 혁명처럼 소중히 간직했던 저건?

그가 두 손에 꼭 쥐고 있는 그걸, 차마 쪼그라든 밤의 영혼이라고 말할 수는 없으니, 죽은 이의 입에 물린 동전 같은 그걸, 깨진 슬픔의 조각이라고 할 수는 없으니…… 그의 목에 꽂힌 차가운 그걸……

그래요, 오늘 밤에 나는 유죄입니다. 망각의 죄 무지의

죄 꿈의 죄 한없이 포개지고 늘어나는…… 그런데 미안
하지만 물을, 물을 딱 한 잔만 마실 수는 없겠습니까?

한 사람

간절히 모은 손끝에서 그것은 시작된다

더운 죽에서 모락모락 피어오르는 김처럼 착한 사람의 기도처럼

길게 줄을 서서 우리는 기다리고 있다 숟가락을 꼭 쥔 채

그러나 착한 사람의 기도는 끝날 줄 모르고 그것은 숟가락으로 양은 냄비를 텅텅 두드리는 소리처럼

우물의 깊은 바닥에서 울리는 목소리처럼

퉁퉁 부어오른 발과 어느 날 검은 표면을 일그러뜨리며 떠오르는 흰 얼굴처럼

우리는 줄을 서서 한없이 기다리고

기다리면서 냄비의 바닥에 닿아보지 못한 채 늙어가는 아이처럼 노인의 검은 무릎처럼 갑자기 눈앞이 환해지는 것이다

우리는 그를 흔들어 보았다

이봐요, 당신의 혀가 죽처럼 녹아가고 있어요 그러나

그는 깨어날 줄 모른다

  지하철에서 코를 고는 사내, 지상의 소란을 잠재우는
착한 사람의 기도는 끝을 모르고

그녀

갑자기 얼굴이 굳어버렸어요, 여자가 입술을 찡그렸다. 나는 여자가 웃는다고 생각했다. 그건 좀 이상한 문장이었다. 그녀에게 얼굴이 있었구나. 여긴 너무 딱딱한 밤이에요. 한쪽이 계속 구겨진 얼굴로 여자가 말했다. 그녀가 웃지 않으면 좋겠다고 나는 생각했다. 이건 좀 낯선 문장이었다. 차가운 주먹을 꼭 쥐고 여자가 말했다. 여기서 나는 끝까지 웃을 터예요. 거울 속을 보았다. 죽은 사람과의 거리는 일정했다. 그런 점에서 우리가 평등하다고 생각하면 기뻤다.

검은 식당에서

우리는 테이블 앞에 앉아 있다 창밖에 연인들이 물고기처럼 환하게 입 맞추며 지나가고 사각사각 흰 눈처럼 밤이 쌓이는 소리

식당에는 늙은 개와 노인과 아이를 잃은 여인이 있다 흰 수건과 검게 탄 눈물이 있다

멀리 노란 원피스를 입은 아이가 간다 햇빛을 덮어쓴 개와 노인과 녹슨 자전거가 지나간다

우리는 검은 접시에서 하얀 김이 나는 것을 보고 있다 그것은 희고 아직 식지 않았다

그러다 문득 궁금해지는 것이다 너는 어디에서 왔는지 검은 물 뚝뚝 떨어지는 너의 얼굴은 왜 새파란지

검은 식당의 문이 영원히 닫히기 전에 나는 그것을 묻기 위해 무거운 입을 벌린다

회색 구두

회색 구두를 보여줄까?
그것은 퍼런 놋쇠 숟가락과 함께 오동나무 관 속에 누
운 할머니의 것

회색 구두는 검은 밤 속으로 걸어가네

거리에서 입이 일그러진 노파를 만났네
배고픈 얼굴로 양탄자를 짜던 노파가 말하네
네 구두를 벗어 주렴 그럼 나의 춤추는 원숭이를 네게
줄게

원숭이는 비를 맞고 있었네
손을 내밀자 단단한 이빨로 내 팔을 꽉 깨물었네

나는 피를 많이 가지고 있지
그것은 붉고 따뜻하고 아름답기까지 하니 네게 나눠
줄게

노파의 촛불이 나의 얼굴을 비추었네

네 구두를 주면 노래를 줄게

촛불들이 흔들리고 양탄자 속에서 노래를 잃은 새가
울부짖네
누군가의 발이 회색 구두 속으로 쑥 들어오네

할머니는 오동나무 관 속에 있지
퍼런 놋쇠 숟가락을 쥐고 있는 그녀는 영원히 맨발이
라네

스틸 라이프

오늘은
뾰족한 비의 구두를 신고 가느다란 발목으로 뒤뚱뒤
뚱 달려가서
침을 꿀꺽 삼키고

저것은 밤의 돼지, 노랗게 꿀꿀거리는 얼굴
저것은 부서진 식탁
저것은 어제의 노래, 꽥꽥거리며 지루한 잿빛 벽에서
떨어져 나온 너의 혀
길고 긴 오후의 낮잠
그리고 누런 발굽을 열두 개나 달고 출렁이는 강물

그것을 질질 끌고 밤으로 간다
생활의 시체 같은 것

시퍼런 눈물이 왈칵,
발목과 속옷을 모두 적신다
생활의 동서남북이 다 그러했다

검은 혀를 쭉 빼물고
줄곧 냄새가 나빴다

도착할 때

폭우를 뚫고 그는 도착한다
검은 물 뚝뚝 떨어지고 그는 탁자 위에 놓인 그것을 본다

흉측하게 생긴 이상한 새라고 생각되는 것

폭우가 쏟아지고 있기 때문일까?

접시에 담긴 새하얀 틀니처럼
아직 젖은 탁자 위에 놓인 그것

너의 영혼이라는 것이 덜컹거리고 있는 것일까?

결국 이렇게 모이게 되는군
누군가 죽은 새처럼 입을 크게 벌리고

하품이 끝나기 전에
어떤 이야기도 시작되지 못한다

입안에 고인 검은 물이 천천히

발등으로 흘러내린다

맨발로 죽기 전에 우리는 무슨 말을 하게 될까?

이토록 환한 고요와 검은 폭우 속에서
또 한 사람이 도착할 때

구빈원에서의 하루

이것이 꿈이라면 너무나 지루해서 한없이 이어지는 회랑의 벽돌과 같을 것이다.

거기서 나는 한 사발의 죽을 기다리는 아이가 되어, 탁한 눈으로 뼈만 남은 무릎을 만져보는 늙은이의 얼굴이 되어. 대지에 납작 엎드린 늙은 개처럼 밤의 허연 눈곱처럼

검은 누더기의 여인이 맨발로 다가와 속삭인다.
지난 생에 당신은 나를 낳았고, 이승에서 나는 당신보다 백 살은 더 늙었으니 이제 우리는 무엇을 낳을까?

흰죽을 삼키고 그녀의 눈동자를 바라본다. 빈 그릇에서 소용돌이치는 그것. 슬픔의 회오리가 만든 회색 벽돌이 한없이 이어지고 그걸 백 년 동안 쌓아 올린 누추한 손들은 모두 어디로 갔을까?

지루하고 끝없는 햇빛을 담요처럼 덮고 나는 잠이 든다.
커다란 검은 발을 가진 꿈의 도둑들이 아직 아기인 나를 훔쳐 가지 못하도록 꼭 끌어안고.

이것이 꿈이라면 나는 길고 이상한 문장 속에서 잠이 들었다고 느낄 것이다.

소년에게

사내는 검은 장화를 신고 도시의 첨탑 위에서
편지를 쓴다, 어린 소년에게

먼지처럼 하얀 세계는 어디로 이동하는가
천천히 행군하는 군인처럼 철거를 기다리는 밤처럼
슬픔을 모르는 흰 발처럼
세계의 한쪽 얼굴은 벌써 사라졌는가

잿빛 안개 가득한 도시
무너진 굴뚝 아래 지붕들
노란 불빛이 얼룩처럼 번져간다

사내는 갈색 털스웨터의 냄새 속에 얼굴을 파묻고
낡은 슬레이트 지붕을 빠져나온 느리고 느린 목소리로
파란 운동화의 소년에게

먼 곳으로 날아간 편지는
어느 날 모르는 아가씨의 발등에 떨어진다

비스듬히 기울어지는 세계의 한쪽 얼굴

고무장화를 신고 추락한 사내는
장미나무의 검은 뿌리를 껴안고 잠든다
녹색의 풀에 뒤덮이며 자기가 소년이었던 것을 기억
하기 시작한다

우리는 왜 동물처럼 울지 못하는가

설거지를 마친 검은 상자 속에 그녀는 누워 있다. 죽음을 하얀 베일처럼 얼굴에 덮어쓰고서. 눈과 코와 입술이 파랗게 고요하다.

우리는 딱딱한 빵을 뜯으며 그녀의 맨발에 포도주를 부었다. 백발의 여인들이 땅을 치며 탄식했다. 하얀 꽃을 던지며 소녀들이 구슬프게 노래했다. 노래를 모르는 사내들은 옥상 위로 올라가 컹컹 짖었다.

지붕 위에서 헐렁한 그림자 한 벌이 펄럭였다. 물고기의 눈물처럼 뻐금뻐금 흘러내린 문장들이 검은 구멍으로 빠르게 흘러들었다. 장마의 마지막 날처럼 도시가 흥건했다.

3부

시

그때에 나는 갓 태어난 아기이고 멀리 첨탑에서 종이
울리고 백 년 전의 거미가 줄을 치고 사람들은 모두 선량
하고 강에는 아름다운 여자가 떠오른다

그때에 나는 처음으로 눈을 뜨고 하얀 거미가 천천히
움직이고 옥수수를 베던 노인이 기침을 하고 절뚝이는
그의 아들이 강가에서 돌아온다

젖은 눈동자는 어둠처럼 굳어가고 노인의 손에 들린
커다란 낫이 들판의 어둠을 쓱쓱 베어낸다

나는 거미가 짜놓은 흰 보자기에 싸인 채 깨진 종에서
튀어나온 은회색 노래가 강물처럼 흘러가는 걸 보고 여
자의 하얀 맨발을 본다 그것은 낫처럼 날카로운 시간에
영원히 찢겨진다

밤의 아이

검은 종이에 무엇을 쓰려고 연필을 들었습니다. 우린 너무 멀리 있군요. 하지만 당신의 숨소리가 나를 재우고 나를 깨우는군요.

밤에 하늘은 검은 종이처럼 검고 아침에는 모든 것이 희고 고요하고, 고요한 것이 또 있습니다.

나는 그것이 당신의 얼굴이라고 생각했습니다. 당신의 얼굴에 무엇을 쓰려다가 그냥 종이일 뿐이라고 생각했습니다.

검은 밤 속의 당신은 너무 검고 흰 종이 위의 당신은 너무 하얗습니다. 밤의 아이처럼 눈을 감고 검은 종이에 무엇을 쓰려고 연필을 들었습니다만,

시인은 질투 때문에 죽는다

나는 마르크스주의자예요, 여자가 웃으면서 말할 때 나는 어떤 시인을 생각했다. 늙은 시인을 모르는 사람은 없지만 그의 얼굴을 아는 이도 없다. 한쪽 얼굴을 어둠에 묻은 채 그는 잠들어 있다. 우리 중의 하나는 그의 맨발을 보고, 우리 중 하나는 컴컴한 여관방 물그릇에 담긴 그의 틀니를 본다. 쪼그라든 검은 입과 시퍼런 틀니. 어둠에 파묻힌 채 반짝이는 틀니와 같이 이념 없이도 순정할 수 있다는 사실 혹은 누런 비닐 장판에 눌어붙은 수치의 검은 얼룩. 밤새 침 묻힌 손가락으로 문지르고 또 문지르던,

여자의 넓적한 입술 기다란 목 무신경하게 보도의 경계를 밟고 선 두 발보다 먼저 눈에 들어온 것은 그녀의 파라솔. 새하얀 비단 위에 분홍꽃 활짝 핀, 끔찍하게 화사하고 환멸의 구두코에 떨어진 쨍한 웃음처럼 명랑한.

그러니까 당신은 1930년대식으로 마르크스걸,이라고 말하려는데, 쪼그라든 입에서 딸꾹질처럼 솟구치는 기침. 처참한 질투가 햇빛처럼 터져 나온다.

당나귀와의 독백

당나귀가 말했다
당신은 어디에서 왔나요?
내가 말했다
당신의 그림자는 어디에서 왔나요?
귀가 큰 당나귀가 말했다 나는 오래 걸어왔어요
파란 달을 뜯어 먹으면서 하얀 모래 산을 넘어왔어요
담배를 피우면서 나는 목소리를 바꾸었다
당신의 얼굴은 어디에서 왔나요?
나는 어젯밤에 그림자를 잃어버렸어요
푸른 자정을 넘어
흰 연기처럼 당나귀가 말했다
연필로 책상을 톡톡 치면서 나는 휘파람을 불었다
당신은 파란 거울처럼 너울거려요
당신이 한 걸음을 디딜 때마다
모래 위에 발자국 깊숙하게 파이고
하지만 그것은 달밤에 수런거리는 모래의
목소리처럼 희미해질 거예요
나는 슬픔으로 가득한 산을 보았어요
커다란 귀를 펄럭이면서

늙은 당나귀는 울었다

내 등에 올라앉은 유령이 보이나요?

어느 날 구름 속으로 올라간 아이들처럼

그것은 자꾸 눈물을 떨어뜨려요

아직도 흰 모래 언덕을 터벅터벅

그런데 당나귀여,

당신은 언제까지

내 혓바닥 위를 걸어갈 셈인가요?

풀

하나의 감정을 버리고
너는 사람이 되었다

사람이 되기 위해 나는
하나의 감정을 더하고

밤에는 새들이 와서
몇 개의 감정을 물고 사라졌다

베어 문 사과처럼
가장자리가 붉게 썩어가고
신 침이 흐르는 감정

밤하늘처럼 조금씩 다가와서
너를 이루었다가 다시 흩어졌다

너를 묻고 나는
노래하는 사람이 되었다

너를 위해서

조금의 감정이 필요하고

그것은 풀처럼 조용한 것이다

회색의 시

그 애가 회색이 되겠다고 했을 때 모두 웃었다
모두가 웃을 때 그 애는 조금 회색이 되었으려나

눈과 코와 동그란 입이 각자의 회색으로 천천히 희미
해지고
결국은 회색이 되었을 때 어떤 얼굴에선 조금 눈물이
흘렀으려나

우리는 입을 꾹 다물고 산책을 떠났다
따뜻한 밥과 국을 나눠 먹고 차를 마시고
공원에서 나무들이 아래로 자라는 것을 보았다
못생긴 개미들이 회색 지구 위를 기어서 기어서 갔다

보이지 않는 새가 줄곧 울고 있었다

그 애가 회색이 되겠다고 했을 때
미친 듯이 웃었다 우리는
먼지로 가득 찬 커다란 구멍을 벌리고

그것은 회색의 시처럼 줄줄 흘러내렸다

어쩌면

어쩌면 너는 나를 모르니? 나의 얼굴 나의 작은 귀와 피부와 검은 구멍을. 물을 삼킬 거야. 새파란 바다를 흠뻑 빨아들일 거야. 거울처럼 팽창하지는 않을 거야. 녹슨 궤도를 달려가지 않을 거야. 차가운 얼음을 만나지 않을 거야. 나는 환희를 모를 거야. 밤의 슬픔을 모를 거야. 돼지처럼 땀을 흘릴 거야. 너는 겨울의 천사처럼 딱딱하고 냉정하고, 나는 검은 연애시를 쓸 거야. 열렬히 쓸 거야. 도시를 불태울 거야. 반성을 하지는 않을 거야. 어느 날 갑자기 눈을 뜰 거야. 철사 같은 햇빛 속을 더듬거리며 걸어갈 거야. 늙은 왕처럼 나는 비참할 거야. 잿빛 누더기를 걸치고 눈먼 맨발로 너의 그림자를 밟을 거야. 하얀 정오의 조가비를 밟을 거야.

감자의 시

테러리스트가 되는 것보다 감자가 되는 것이 나을 것이다, 그는 검은 가방을 메고 집을 나선다. 등에 짊어진 것이 감자라면 좋을까. 검은 폭탄은 그의 머릿속에서 오래전부터 째깍째깍 수명을 줄여가고 있다. 그것은 곧, 폭발할 것이다. 하지만 테러리스트가 되느니 감자가 되는 건 어떨까

그는 가방을 지고 걷는다. 가방 속에 들어 있는 건 감자가 아니고. 그의 부모는 가난했으며 말 없는 감자의 형상에 가까웠다. 우린 최소한의 예의를 원합니다, 농성장에서 팔을 치켜든 아버지의 목소리는 가늘고 연약했다. 구둣발로 툭 차면 데굴데굴 사방으로 굴러가는

감자의 언어를 오늘은 가르쳐줄 테다. 폭발을 기다리는 남자가 말했다. 오래전에 읽은 소설에서라면 감자는 그저 감자일 뿐. 그러나 둥글고 희고 매끄러운 감자의 언어는 어쩐지 불안하다. 째깍째깍 어디로 굴러갈지 어떻게 안단 말인가. 그러니 차라리 테러리스트가 되는 것은 어떨까. 정각에 쾅쾅! 두 번의 거룩한 폭발음. 남자의 검

은 머리가 농성장 한복판으로 굴러온다. 울퉁불퉁 배고
픈 감자의 얼굴로

회색

나는 시인이 되고 싶지는 않지만 회색은 좋아해
덜렁거리는 검은 물건 같잖아, 나는 그것을
사랑하지만 커다란 양복을 입은 아이처럼
세계는 고요하구나
회색 고양이와 기린의 차가운 귀처럼

나는 두 팔을 마구 휘저으며 휘파람을 불어
파란 옷의 청소부가 그걸 냉큼 쓰레기통 속에 처박아
버렸지

거리의 시멘트와 흰 종이와 떨리는 촛불들
그리고 오늘 아침 비로소 회색이 된 얼굴을 찬찬히 바
라보고

거기서 오래전에 죽은 독재자와 마주친 적도 있지,
그는 하품을 하며 뚱뚱한 배와 맨발을 끌고 천천히 회
색 속으로 걸어갔어

회색 그림자처럼 세계는 고요하구나, 닫힌 창문에서

문득 피어오르는 재의 냄새

시인이 되고 싶지는 않지만 회색은 좋아해
공중에 매달린 검은 물건 같지, 그것은
아직도 두 발을 덜렁거리지

나는 어떤 회색을, 회색의 입술과 귀를 생각하지
어제 배달된 검은 상자 속의 그것
죽은 시인의 귀처럼
그것은 차갑고
내가 모르는 회색 말들로 가득 차 있지

나는 시를 쓰지는 않겠어
폭발하는 회색의 얼굴로 돌아가지 않겠어
쓰러진 의자 위에서 놀라
튀어 오르는 무뚝뚝한 회색의
움켜쥔 손에서 피어오르는
먼지의 회색 입술의

사랑에 관한 시

여기서 당신은 시를 낭독할 것이다 그것은 아마도…… 1970년은 당신이 태어난 해입니다 당신은 뜨거운 입술 과 검은 탯줄을 매달고 울음도 웃음도 아닌 오직 사람의 얼굴로 *외로운 청중이 당신의 목소리를 기다리고 있다* 한 사내가 구불거리는 골목을 걸어가고 어디선가 서툴게 두드리는 피아노 소리가 들리고 그건 덜덜거리는 구식 재봉틀 소리는 아니고 까만 기름때 낀 남자는 화염처럼 진한 땀을 흘리며 쓰러지고 그것이 1970년입니다 *당신은 계속 읽는다 청중은 침묵하고 한 사람이 자신도 모르게 손가락을 까닥거린다 그것은 어쩌면……* 우리는 그해에 무엇이 있었는지 모릅니다 그리고 다음에도…… 먼 훗날 당신은 도시의 모퉁이를 걷고 있습니다 연인이 기다리 는 도서관의 대리석 기둥을 향해 더러운 비둘기와 흉측 한 물고기와 벤치에 웅크린 발들을 지나 *청중은 침을 삼 킨다 그것은 어쩌면……* 거기서 당신은 보았습니까? 깨 진 창문처럼 벌어진 검은 입 웃음도 울음도 아닌 그것은, 오래전의 재봉틀 소리처럼 끊어졌다 이어지는 호흡처럼 다시 끊어지는 한숨처럼 *그것은 어쩌면……* 당신은 연 인의 포옹 속으로 달려가고 싶습니까? 기다란 목을 가진

64

늙은 슬픔이 당신 품으로 뛰어들기 직전, *당신은 숨을 멈춘다 다시, 읽는다* 당신은 밤의 재단사처럼 활활 타오르는 책을 움켜쥐고 화염의 문장을 박음질하는 재봉틀 소리 끊어졌다 이어지고…… 마지막에 당신은 하얀 종이를 떨어뜨리고…… 더러운 신문지를 덮고 누운 노인이 앙상한 손을 뻗어 그걸 집어 들고 천천히 읽기 시작합니다 *그것은, 그것은…… 아마도 사랑에 관한 시일 것이다*

연인들

나에게 남은 것은 표지가 찢어진 책. 표지 위의 얼굴은 어디로 갔습니까? 그가 뭘 남겨놓았습니까?

두꺼운 책장을 하나씩 떼어내보지만 글자들이 켜켜로 뒤엉켜 있어요. 두꺼운 글자들 우아하고 방탕하고 무지한 글자들 뒤죽박죽 쏟아지는

하늘에서 폭죽처럼 붉은 울음이 터지고 늙은 시인들이 거리로 쏟아져 나오고 혁명의 기차들은 민둥산으로 달려가고 사람들은 자꾸 작아지고 작아지다가…… 눈먼 연인들처럼 다른 골목에서 애타게 서로를 찾아 헤매고 있는데

무너진 담벽 아래 쭈그리고 앉은 시인은 두꺼운 표지 속에 뭘 숨겼습니까? 그가 뭘 다시 가져갔습니까?

나에게 남은 건 찢겨진…… 다만 오늘의 파란 하늘……

매혹

세상에, 저 구름을 좀 봐요. 오후 세 시의 여자들은 감탄한다. 오후 세 시의 여자들은 미열이 있고 사랑을 원한다. 우리 이걸 소중하게 간직하기로 해요. 여자들은 갑자기 손가락을 걸고 무언가 약속한다. 그녀들은 단호하고 잠시 경건해진다. 뜨거운 햇빛은 저쪽에 있고 여긴 어둠뿐이구나. 여자들은 진흙을 집어 먹는다. 담벼락에 숨어서 성냥을 긋고 한쪽 다리를 들고 오줌을 눈다. 눈물처럼 검은 것이 천천히 흘러내린다. 오후 세 시의 여자들은 단단하고 벽돌의 형상에 가까워진다. 검은 유리처럼 얼굴에 쩍, 금이 가기 시작한다.

시인의 죽음

우리 중 하나가 낡은 모자를 만지작거린다. 아직 숨을
쉬고 있어요, 엄격하게 반짝이는 유리문 너머 근심의 전
령이 다소 희극적인 몸짓으로 달려오리라. 그의 누이는
따뜻한 차를 따라 주었고 우리는 마른 담배를 피우며 들
판의 외로운 염소와 닥쳐올 허기에 대해서 생각했다. 언
젠가

사각의 식탁에서 우리는 저자를 잃은 문장을 읽을 것
이었고, 그를 증오하기 위해 눈꺼풀 가득히 잿빛 눈송이
흩날릴 것이었다. 그의 틀니를 만지작거리며 텅 빈 입을
상상하게 될 것이었다. 모자를 툭툭 털면서 회색은 모자
의 것이 아니라 그의 것이었음을 떠올릴지도

그의 문장들이 사방으로 흩어지고 깨진 접시처럼 날
카로운 비명은 우리의 몫이 아니었다. 그것은 곱추처럼
등이 굽은 어린 누이의 것인지도. 젊은 시절 그는 누이를
염소처럼 줄에 매어 끌고 다녔다고 한다. 절뚝이는 염소
의 입안 가득 고여 있던 먼지와 마른 풀을 우물거리며

언젠가 어린 시인이 태어나 그의 문장을 낭독할 것이었다. 컴컴한 극장에선 박수 소리가 망연자실 흘러 다닐 테고. 그는 아직 숨을 쉬고 있어요, 노새처럼 까불거리는 전령이 눈보라의 골목을 달려오는 동안 우리는 밤의 벌판에 직립한 채 목전에 당도할 문장을 기다렸다.

4부

즐거운 날에

세상이 점점 더워졌다 하나씩 먼지가 되어갔지
네가 아직 검은 살의 맛을 몰랐을 때
너는 공원의 연못가를 걸어 다니는 오리처럼 다정하게
꽥꽥거렸지 그것이 너의 유일한 말이라는 듯이
마치 시를 읽고 있다는 듯이
열정을 다해 꽥꽥 깃털 같은 햇빛 사이로
바람이 불고 헐벗은 입술이 일렬로 뒤뚱뒤뚱 걸어갔지
누렇게 범람하는 천변을 따라서
부끄러움을 모르고 속옷 바람으로 산책하는 노인처럼
앙상한 다리에 허옇게 핀 버짐처럼
그러다 침을 삼키고 겨울의 눈사람처럼
뒤뚱거리며 사라졌지
봄과 여름을 지나서 얼어붙은 발이 천천히 따라왔지
잿빛 헐렁한 외투를 입은 영혼처럼 뒤따라왔지
더러운 동전을 줍기 위해 허리를 굽혔지
검은 살의 맛은 아직 도착하지 않았지
다시 눈을 뜨면
가난한 아이의 노래처럼
아이의 입에 쌓인 하얀 먼지처럼
슬픔의 하얀 빵을 나누어 먹던 시절에

외로운 책

나는 설거지를 하고 드라마를 보고 이를 닦는다.

접시들이 달그락거리고 밤의 천장에 번지는 검은 얼룩, 2층의 사내는 죽어 있다.

검은 양복을 입고 넥타이를 매고, 1년 전에 혹은 내가 태어나기도 전부터 안간힘으로 죽어 있다. 굳어버린 입술에 퍼런 이끼와 잿빛 먼지들이 자라고

적막을 움켜쥔 손등 위 까만 벌레 한 마리 기어간다. 기다란 코와 움푹한 인중을 지나서 헐렁한 목과 우울한 배꼽을 지나서…… 솜털 같은 시간의 발들이 집요하게 흔들린다

사내의 꼬부라진 발가락이 간지러운 듯 꿈틀거린다. 변덕스러운 웃음이 곧 터져 나올 듯 꺼먼 입술이 씰룩거리고……

세상의 모든 입들이 한꺼번에 웃음을 터뜨리는 순간이 있을 것이다, 사방으로 흩어지는 탄식과 질투와 비애

와…… 그것은 누구도 어루만질 수 없는 차가운 유머

　　나는 설거지를 하다가 문득, 달려 나간다. 2층의 철문
을 쾅쾅 두드리고 죽은 그를 열렬히 포옹한다. 턱 아래
응고되었던 슬픔이 허옇게 녹아내린다.

밤에 하얀 모래밭에

밤에 하얀 모래밭에 무슨 일이 일어날까요?

흐릿한 모래 위를 누가 걸어갔을까요?

어떤 비명이 움푹 패었을까요?

오래된 달이 부스스 눈을 뜨고

밤의 모래밭에서 쭈그리고 울던 여자는 어디로 갔을
까요?

밤을 파헤치던 인부들은 각자의 가슴에 무엇이 남았
다고 느낄까요?

검은 연기가 피어나면 우리 중 누가 먼저 가슴을 움켜
쥐고 쓰러질까요?

누구에게 달려가 미친 듯 화를 낼까요?

밤에 하얀 모래밭은 멀어지고

우리는 아직 밤을 다 보지 못했는데 말이죠.

Q를 위하여

Q는 얼마나 단순한가. 얼마나 고요한가. 아까부터 지하철에 앉아 창밖을 물끄러미 쳐다보는 여자처럼. 검은 벽면에 비친 것이 자기 얼굴이라는 듯, 그래서 너무나 사랑스럽다는 듯이 여자는 생각에 빠져 있다. 너무 골똘한 Q의 세계. 저 얼굴 위의 검은 점은 내가 못 보던 것이다, 저것이 언제 나에게 왔나, 검고 선명한 저것이 내 얼굴에 박혀 있구나, 폭우처럼 쏟아지는 의문은 그녀의 것. 철커덩 열차가 멈춘 순간 Q가 쏟아져 들어온다. Q의 입김, 누린 호흡, 주근깨, 땀냄새, 이토록 선명한 Q와 함께 Q는 어디로 가는가. 검은 점의 여자는 고개를 푹 숙이고 졸기 시작한다. 고요하게 가라앉은 혓바닥의 돌처럼.

자정의 버스

자정의 버스에서 갑자기 말이 없어졌다. 모두 고개를 푹 숙이고 창백한 빙판처럼. 어린 연인들은 졸면서 침을 흘리고 각자 긍정적인 꿈을 꾼다. 목을 빼고 두리번거리던 사내는 겨드랑이를 북북 긁고, 초조하게 껌을 씹는 젊은 여자. 아이가 호호 휜 손가락으로 유리창에 제 이름을 쓴다. 울음을 터뜨리기 직전 저 하얀 손은 누구의 입을 틀어막게 될까. 빙판은 어두운 자장가처럼 미끄러진다. 아이를 움켜쥐었던 손이 스르르 풀리고…… 엄마는 잠 속으로 하염없이 굴러떨어진다.

문득 눈을 뜬 운전수가 손을 휘저으며 비명을…… 검은 빙판처럼 쩍 갈라진 밤의 목구멍 속으로 자정의 버스가……

유령의 나날

　유령은 지루하다. 찻잔 밑에 비눗갑 아래 소파 밑에서 유령은 기다린다. 나를 찾아보아요, 아무도 들어주지 않는 말. 검은 유령은 눈사람처럼 뚱뚱하다. 열쇠 구멍 수챗구멍으로 빠져나갈 수가 없다. 유령은 아이처럼 폴짝폴짝 뛰고 이빨을 뽑고 입안의 구멍에 혀를 대어본다. 비릿한 유령의 맛이다. 유령은 검은 프라이팬 위의 콩처럼 뜨거운 땀을 흘린다. 거울을 들여다보다가 놀라 새하얗게 얼어붙는다. 내가 누구라고 생각하니? 유령의 하품이 검게 퍼져나간다. 검은 유령은 검음이 지루하다.

가방

하마 씨는 검은 가방을 끌고 간다. 울퉁불퉁 커다란 가방이다. 가방 속에 무엇이 들어 있나요, 묻지 않는다.

하마 씨는 낡고 무뚝뚝한 가방을, 벌써 50년도 더 된 가방을 질질 끌고. 그건 하마 씨의 살갗처럼 거칠고 귀퉁이가 허옇게 닳아 있다.

하마 씨는 땀을 흘리며 하품한다. 썩은 이빨과 검은 치통을 물고 간다. 끔찍한 햇빛이 이마에 떨어진다.

하마 씨는 걷다가 어제 가방이 된 동료를 생각한다. 목이 가느다란 동료는 하마 씨를 보며 희미하게 웃었다.

길에서 마주치면 하마 씨에게 밥은 먹었느냐고 물을 것이다. 악수를 하고 싶어도 가방은 손이 없으므로 하마 씨는 식은땀을 흘리며 부끄럽게 웃을 것이다.

우체국 여자

우체국 여자는 우체국에 있다 우체국의 실내는 하얗고 손이 떨린다

창밖에 흰 개가 직선으로 걸어간다
귀신에 가까운 앙상한 노파가 폐지 가득 실린 수레를 덜덜덜 밀고 간다 붉게 칠한 입술 분홍 꽃무늬 바지 헐렁하게 펄럭인다

우체국 여자는 저울 위에 편지를 올려놓고 무게를 달고 소인을 찍는다

수레의 바퀴가 창틀에 걸려 비틀거린다

우체국 여자는 우체국에 앉아 있다 두 손에 검은 심장을 들고 있다 물론 파란 소인이 찍혀 있다

여섯 시가 되면 커튼을 내리고 머리를 빗고 퇴근을 한다

이봐요, 오리들

이봐요, 오리들. 강변에 어둠이 내린 지 오래. 차가운 바람이 불고 뺨 위에 떨어지는 건 어제의 눈물. 이봐요, 오리들. 검은 나무들이 기다란 뿌리를 뻗어 나를 끌어당기고, 젖은 눈꺼풀 위에 쌓이는 건 슬픔의 눈송이. 얼어붙은 강에 발을 담근 채 고요한 오리들. 흰 치마를 입고 소풍 나온 아이는 어디로 갔나요? 이봐요, 오리들. 얼어붙은 눈꺼풀에 쌓인 건 하얀 밤의 노래. 뺨을 어루만지는 건 뾰족한 후회의 손가락들. 이봐요, 저 멀리 검은 날개를 펴는 밤의 오리들.

세이렌

꿈속에서 나는 가난한 여자이고 눈물을 흘렸고 황금으로 된 술잔을 가지고 있었다.

꿈속에서 길을 잃고 커다란 가방을 끌고 다녔다. 어느 한적한 역에 앉아서 천천히 시를 읽었다. 노을 속으로 걸어가던 개와 사람들이 동전을 던져주었다.

눈을 뜨면 나는 가난한 여자이고 눈물을 흘렸고 목화솜으로 만든 두꺼운 이불 속에서 눈물이 마를 때까지 잔다.

새야

새야, 부르면 이상한 새가 나타나고 다시 새야, 부르면 검은 새가 나타나고

다시 부르면 너는 7월의 얼굴이고 어느새 방 안에 새가 가득하고 노랑과 빨강과 긴 부리와 깃털을 가진 새가 가득하고 나의 청춘은 사라지고 새야, 새야, 오해와 착각과 기쁨과 슬픔 사이에서 나의 혀는 새처럼 검게 쪼그라들고

나는 누군가의 아이였던 적이 있는 것 같다 하얀 햇빛 속에서 새를 부르며 하루를 보냈던 적이…… 긴 산과 긴 바다와 더 긴 꿈속에 나는 있었다

꽃을 사는 저녁

내 생에 어떤 날은 꽃을 사고 어떤 날은 꿈을 꾸었다.
나는 늙은이였고 꽃을 들고 길에 서 있었다. 그것은 어떤
꿈이었는지 전쟁이 끝난 후 돌아오지 않는 사람을 기다
리고 있는 것인지 사라진 아이를 찾아 헤매는 것인지 나
는 알지 못한다. 내 생에 어떤 날은 꽃을 들고 먼 길까지
가보았다. 어떤 저녁에 나는 아직 어린 소녀였고 꽃무늬
원피스를 입고 맨발로 집을 떠났다. 나는 멀리 가서 아무
도 모르는 사람이 되었다. 내 생에 어떤 날은 꽃을 사고
어떤 날은 꿈에서 깨지 않았다.

노래

밤의 노래를 네게 주리. 죽은 자의 관에 너를 넣어주리. 죽은 자의 귓속에서 울게 하리. 죽은 자의 꿈속에서 무한히 걷게 하리. 죽은 자의 뺨에 흐르는 눈물. 그에게서 훔친 푸른 조약돌을 꼭 쥐고 너는 영원히 죽은 자의 얼굴을 가지게 하리.

회색 사유자의 노래

송승환
(시인, 문학평론가)

> 어떠한 인간적 문제이든
> 외면할 수 없는 것이
> 인간이 가져야 할 인간적 문제이다.
> ── 전태일*

　이기성은 감각을 사유하는 시인이다. 그의 시 세계는
희거나 검고 딱딱하게 굳어간다. 그 감각은 도시 일상
에 대한 시적 감응을 다른 사물의 감각으로 사유한 것
이다. '희다'와 '검다'는 명도明度의 차이는 있으나 색

＊　조영래, 『전태일 평전』, 아름다운전태일, 2009, p. 209. 이하 같은
　　책의 인용은 페이지 표기를 생략한다.

상과 채도가 없는 '회색'과 더불어 무채색이라는 점에서 동일한 빛이다. '희다'와 '검다' 그리고 '회색'을 모두 품은 사물로는 숯등걸이 있다. 생명을 지녔던 나무가 잘리고 불길 속에 내던져진 뒤 타들어가서 결국 대부분 연기로 사라지고 남은 숯등걸의 빛. 검게 그을렸다가 붉은 숯이 되었다가 잿불만 남은 숯등걸. 그 숯등걸은 희고 검으며 잿빛 회색이다. 초록 생명과 붉은 화염이 소진되고 온몸에 내려앉은 빛이다. 이기성의 시는 도시의 삶을 숯등걸처럼 감각하고 무채색의 빛으로 사유한다. '희다'와 '검다'와 '회색'의 빛은 이기성의 시에서 빈번하며 첫 시집 『불쑥 내민 손』에서부터 출현한다.

『불쑥 내민 손』에서 "지금 마을은 검은 어항처럼 고요"(「마을」)하고 "흰 페인트로 칠해진 광막한 시간이 펄럭"(「흰벽 속으로」)인다. "어쩌면 어둠 속에서 내가 받아든 것은 잿빛 유골"(「몰락」)이라는 도시의 삶에 대한 시적 인식. 두번째 시집 『타일의 모든 것』에서 "나는 칼처럼 분화구에 가득한 흰빛으로 남아"(「폭소」, p. 50) "이 도시의 잿빛 수로"(「어느 날」)와 "검은 욕조에 흘러넘치는 어제의 얼굴들"(「비누」)을 바라보는 시적 이미지. 세번째 시집 『채식주의자의 식탁』에서 "흰 곰팡이 냄새가 피어"(「단추의 시」, p. 64)오르는 "어제의 잿빛 그림자를 질질 끌고"(「오늘」) "세상이 검고 조용하다"(「천호동」)는 시적 진술. 네번째 시집 『사라진 재의 아이』에서 "나는 검고 긴 혀를 빼물고"(「개와 여덟 개의 감정」) "그 애의 목덜미에 하얀 먼지가 내려앉는"(「나비」) 것을 본다. "나는 거대한 반죽통 속에서 천천히 잿빛"(「잿빛」)이 된다는 시적 언술은 모두 희고 검으며 잿빛 회색 세계를 표출한다.** 이것은 도시 일상에 만연한 죽음의 빛을 시각화한 시인의 시적 사유이다.

그 애가 회색이 되겠다고 했을 때 모두 웃었다
모두가 웃을 때 그 애는 조금 회색이 되었으려나

눈과 코와 동그란 입이 각자의 회색으로 천천히 희미해지고
결국은 회색이 되었을 때 어떤 얼굴에선 조금 눈물이 흘렀으려나

—「회색의 시」 부분

이번 시집 『동물의 자서전』에서 희고 검으며 잿빛 회색 세계는 심화된다. 모든 빛을 반사하거나 흡수하는 무채색은 더욱 깊고 두텁다. 밀밀한 죽음의 빛이다. "그 애"는 강렬한 생명의 빛을 발산하는 유채색이 아니라

** ① 『불쑥 내민 손』(문학과지성사, 2004); ② 『타일의 모든 것』(문학과지성사, 2010); ③ 『채식주의자의 식탁』(문학과지성사, 2015); ④ 『사라진 재의 아이』(현대문학, 2018).

무채색의 "회색이 되겠다"고 말한다. "나는 자라서 재의 아이가 되"(「잿빛」, ④)겠다는 "그 애"의 회색. 그것은 도시의 삶에서 일찍 죽음의 빛을 예감한 자의 선언이다. 다양한 빛의 파장에 따라 고유한 빛을 지니는 삶의 유채색을 포기한 선언이다. 흰색과 검은색의 극명한 빛조차 희망하지 않는 회색의 삶이다. 그 애의 "회색이 되겠다"는 말에 우리는 모두 웃는다. 그러나 우리의 비웃음은 우리 모두에게 되돌아온다. 누구도 회색의 삶을 희망하지 않았지만 "눈과 코와 동그란 입이 각자의 회색으로 천천히 희미해지고/결국은 회색"이 되었기 때문이다. 「회색의 시」는 모든 것이 뭉개지고 뒤섞여서 분별할 수 없는 시멘트 회반죽처럼 "줄줄 흘러"내려서 굳어가는 우리의 삶을 암시한다.

회색 그림자처럼 세계는 고요하구나, 닫힌 창문에서
문득 피어오르는 재의 냄새

시인이 되고 싶지는 않지만 회색은 좋아해
공중에 매달린 검은 물건 같지, 그것은
아직도 두 발을 덜렁거리지

나는 어떤 회색을, 회색의 입술과 귀를 생각하지
어제 배달된 검은 상자 속의 그것

죽은 시인의 귀처럼

그것은 차갑고

내가 모르는 회색 말들로 가득 차 있지

나는 시를 쓰지는 않겠어

폭발하는 회색의 얼굴로 돌아가지 않겠어

——「회색」 부분

　『동물의 자서전』에서 "귀신에 가까운 앙상한 노
파"(「우체국 여자」), "밤을 파헤치던 인부들"(「밤에 하얀
모래밭에」), "어제 가방이 된 동료"(「가방」), "검은 빙판
처럼 쩍 갈라진 밤의 목구멍 속으로"(「자정의 버스」) 미
끄러진 "자정의 버스"에 탄 승객과 기사. 모두 "검은 유
리처럼 얼굴에 쩍, 금이 가기 시작"(「매혹」)한다. 이처
럼 매일 죽음의 시가 씌어지는 도시의 "닫힌 창문에서"
"문득 피어오르는 재의 냄새"는 닫고 막아도 지울 수
없는 죽음의 냄새다. 선명한 입술과 귀가 폭발해서 회
색이 되는 "세계는 고요"하다. 고요한 회색의 세계에서
그는 "오래전에 죽은 독재자와 마주친 적"도 있다. 노동
자들뿐만 아니라 권력자였던 독재자도 회색 속으로 걸
어 들어간다. 거기서 회색은 도시에 살고 있는 한 누구
도 거부할 수 없는 죽음의 질서이다. "내가 모르는 회
색 말들로 가득 차 있"는 도시의 체제까지 함의한다. 인

간이 만들었으나 인간이 통제할 수 없는 '회색-도시', 자본의 그림자를 드리운다. 그 이유로 회색은 일상적인 죽음의 냄새이며 삶의 빛을 차단하는 죽음의 빛이다.

이기성은 회색을 시각과 후각의 죽음에서 촉각의 죽음으로 확장하는 공감각으로 사유한다. 모든 것이 죽거나 죽어가고 있는 고요한 '회색-도시'. 생명의 소리가 소거되어 아무것도 들을 수 없는 죽은 시인의 귀처럼 회색을 차가운 사물로 감지한다. 그 촉감은 생명과 인간관계를 모두 사물화하고 딱딱한 사물로 굳게 한다. 자본의 물신성에 대한 이기성의 비판적 사유와 성찰의 감각이다. "누렇게 변색된 얼굴 위로 딱딱한 어둠 덮"(「달」, ①)이고 "사내는 천천히 굳어"(「솜사탕 얘기」, ②)간다. "공중에 들어 올린 발은/두 쪽으로 쩍 갈라지며 굳"(「2호선」, ③)어가는 도시 일상에 대한 촉감, '회색 사유Pensées Grises'는 강화된다. "실내에 가득한 공기가 천천히 굳"(「산책」)고 "우리는 딱딱한 빵"(「우리는 왜 동물처럼 울지 못하는가」)을 뜯으며 "갑자기 얼굴이 굳어"버린다. "여긴 너무 딱딱한 밤"이라는 도시의 삶에 대한 '회색 사유'와 촉각의 알레고리를 전개한다(「그녀」). 그런 점에서 "나는 시를 쓰지는 않"겠다는 결의는 무엇이든 흡수해서 이윤을 산출하고 죽음까지 생산하는 자본의 운동에 수렴되지 않으려는 시인의 저항이다. "시인이 되고 싶지는 않지만 회색은 좋아"한다는

진술은 도시를 비판하면서도 도시로부터 벗어날 수 없
는 곤궁에 처한 현대적 삶의 아이러니이다(「회색」).

　　노파의 촛불이 나의 얼굴을 비추었네
　　네 구두를 주면 노래를 줄게

　　촛불들이 흔들리고 양탄자 속에서 노래를 잃은 새가
울부짖네
　　누군가의 발이 회색 구두 속으로 쑥 들어오네

　　할머니는 오동나무 관 속에 있지
　　퍼런 놋쇠 숟가락을 쥐고 있는 그녀는 영원히 맨발이
라네

　　　　　　　　　　　　　　　—「회색 구두」부분

　죽음의 냄새와 촉감을 사물화한 회색은 '맨발'의 감
각으로 극대화된다. 아이들의 "작고 하얀 맨발"(「핑크」,
②)과 "맨발로 떠나간 여자들"(「목이 긴 이야기」, ②)
로 출현한 이기성 시의 맨발은, "그러나 오늘은 맨발
로"(「멀리」, ④) 추위를 견디는 '회색-도시'의 삶을 환
기하더니 「회색 구두」에서 "오동나무 관 속에 누운" 할
머니의 '영원한 맨발'이라는 명징한 이미지로 구현된
다. "회색 구두"는 돌아가신 할머니의 것이다. 구두는

죽은 자의 것이지만 죽은 자는 구두를 벗고 맨발로 관 속에 누워 있다. 회색 구두는 망자의 소유물임에도 불구하고 망자가 소유할 수 없는 사물의 징표이다. 할머니의 죽음과 부재에 대한 알레고리이다. '영원한 맨발'은 할머니의 부재와 죽음의 실재를 감각할 수 있는 차가운 촉감의 실체이다. 그런데 노파가 "네 구두를 주면 노래"를 준다고 한다. 구두를 준다면 나는 노래를 얻고 맨발을 드러낼 것이다. 나는 죽어야만 노래할 수 있다. 내가 노래를 부른다면 "누군가의 발", 죽은 자의 맨발이 나의 "회색 구두 속으로" 들어올 것이다. 그러나 나는 지금 죽을 수 없다. 이것은 살아 있는 한 "노래를 잃은 새"처럼 노래할 수 없는 도시에서 산문의 삶을 살아야 하는 육체의 유한성에 대한 회색 사유이다. 맨발의 촉각에서 무음無音의 청각으로 매개되고 더욱 공감각으로 전이된 회색 사유. 이기성의 회색 사유에 정초된 '적막'과 '침묵'은 『동물의 자서전』에서 전면화된 청각의 음역이다.

　　이빨이 몽땅 빠져버린 노파처럼 적막은
　　적막하구나, 거대한 안개처럼 소리 없이 짖으며 달려오는 그것은……
　　점점 흐릿해지는 기억 속의 흐릿한 그것은……
　　　　　　　　　　　　　　　　　　　　—「적막」부분

시인에게는 아직 많은 밤이 남아 있고 시끄러운 동물들은 어느새 침묵을 배웠습니다. 침묵, 그건 오래전에 잃어버린 기침과 같아요

동물의 얼굴에 눈이 쌓이고 밤새도록 새하얀 동물의 자서전이 씌어집니다.

—「동물의 자서전」부분

입속에 수북한 눈송이. 하얀 눈 흩어진 벌판에 나는 갇히리. 하얀 사람이 되어가리. 어디선가 노랫소리 들려오면 너는 노래를 하고 있구나, 생각하리.

—「망각」부분

적막과 침묵은 생명의 탄생과 도약을 위한 정지定志가 아니다. 생명의 약동과 일상의 숨결을 정지停止시킨다. 기침을 잃어버린 동물의 삶을 가르친다. 인간의 기쁨과 슬픔, 분노와 고통의 노래가 소거된 무음의 삶을 강제하는 도시의 음역이다.

적막과 침묵에 대한 회색 사유는 '눈' 이미지로 집중된다. 김수영의 "젊은 시인이여 기침을 하자/눈 위에 대고 기침을 하자"(「눈」)와 "도시의 끝에/사그러져가는 라디오의 재갈거리는 소리가/사랑처럼 들리고"(「사랑의 변주곡」)를 배경으로 「동물의 자서전」과 「망각」을 겹

쳐 읽으면 '눈'의 이미지는 분명해진다. 이기성은 김수영처럼 도시의 재갈거리는 소리를 사랑한다. 자신의 육체임에도 불구하고 제어할 수 없어서 터져 나오는 기침을 긍정한다. 「동물의 자서전」과 「망각」의 눈은 겨울밤 입속을 틀어막으며 온몸을 하얗게 뒤덮고 얼어붙게 한다. 소리 없이 내리면서 희고 검으며 차갑고 딱딱하게 굳어가는 죽음의 공감각. 회색 사유의 눈 이미지. 눈의 침묵을 배우면서 기침을 잃고 인간이었던 삶의 기억을 잃고 눈 속에서 망각의 동물이 된다. 죽음으로 이끄는 망각의 공감각. 눈송이에 뒤덮이면서 저 죽음의 저편에서 들려오는 "노랫소리"를 듣는다. 살아 있을 때 들을 수 없는 너의 노래.

이기성의 회색 사유는 시각과 후각, 촉각과 청각의 공감각에서 발원한다. 보들레르는 「만물조응Correspondances」에서 공감각을 통해 단 한 번 육체의 유한성 너머 "무한한 것들의 확산l'expansion des choses infinies"으로 나아갔지만 시집 『악의 꽃』은 대도시 파리에서 그의 죽음을 보여준다. 이기성은 생존 연명을 위한 미각을 제외한 공감각을 통해 단 한 번도 그 무한을 경험하지 못한다. 그는 『동물의 자서전』에서 망각의 동물이 되어가고 육체의 유한성을 절감하면서 대도시 서울에서 죽어가고 있다. 도시의 적막과 침묵 속에서 인간이었던 기억을 망각하는 동물은, "회색의 고기"(「고기를 원하는가」)

로서 씹히고 삼켜지면서 죽어간다. 그럼에도 불구하고 그는 "간절히 모은 손끝에서"(「한 사람」) 시작된 기도를 하지 않는다. "죽기 전에 기도는 하지 않겠다"(「죽기 전에」)라고 표명한다. 이기성은 기도를 통한 내세로의 이행과 초월을 믿지 않는다는 점에서 감각의 유물론자이며 육체의 유한성을 감각적으로 성찰한다는 점에서 회색 사유자penseur gris이다.

이기성은 육체의 죽음과 인간이었던 기억의 죽음을 초래하는 도시의 삶을 '회색' 알레고리로 사유한다. 회색 사유자 이기성은 육체의 유한성뿐만 아니라 도시와 자본이 자행하는 폭력까지 성찰한다. 그는 "도시의 첨탑 위에서"(「소년에게」) 고공 농성하는 철거민, "농성장에서 팔을 치켜든 아버지"와 자살 폭탄을 터뜨리는 아들을 "구둣발로 툭 차"는 자본의 폭력을 목도한다(「감자의 시」). 1980년 도청 앞 "여기서 사람들이 죽었다는 것을 믿을 수 없다"(「그림자」)며 경악하고 5·18민주화운동을 상기한다. "도시를 불태울 거"(「어쩌면」)라며 분노한다. 그러나 지금은 "『혁명』의 가장자리가 누렇게"(「햇빛」) 타버렸고 도시의 폭력과 사람들의 죽음은 적막과 침묵 속에서 잊힌다. 「동물의 자서전」은 망각의 동물, 인간이 쓰는 죽음의 자서전이다.

이기성은 삶의 혜안과 아름다움이 결핍된 도시의 일상과 노동이 "너무나 지루해서"(「구빈원에서의 하루」)

"하품이 끝나기 전에/어떤 이야기도 시작되지 못"(「도착할 때」)하는 동물의 자서전에 대고 이야기한다. 도시에서 죽어간 사람들의 "사라진 발을 어루만지면서 산책에 대한 긴 이야기를 시작"(「산책자」)한다. 그것은 중세의 영웅과 근대의 문제적 개인이 당면한 문제를 해결하고 고향과 현실로 귀환하면서 성장하는 소설roman과 다른 '이야기récit'. 그 이야기는 소설의 사건이 아니라 그냥 일어난 사건 자체로서 도시에서 반복되는 이야기. 아무것도 바뀌지 않고 죽음만 발생하는 이야기. 감각의 유물론자가 망각에 저항하며 도시의 빈곤한 삶을 기억하는 이야기. 김수영이 눈 위에 대고 기침을 한다면 이기성은 저 망각의 눈 위에 이야기를 한다. "백 년 동안 검은 전염병이 창궐한 뒤에도 나는 살아"(「이야기」)남아 이야기 '들'을 말하려 한다. 『동물의 자서전』 1부와 2부, 4부에 집중 배치된 산문시의 이야기 '들'은 표면적으로 적막과 침묵의 이야기들이다. 그러나 심층적으로 적막과 침묵에 균열을 내는 이야기들의 소음과 소란이다. 감각의 유물론자는 양질 전이의 법칙을 이야기들에 적용한다. 이야기들의 소음과 소란을 통해 죽은 자를 일깨우고 살아남은 자가 망자를 기억하고 애도함으로써 삶의 경계를 넘어서는 존재의 질적 전이를 실현하고자 한다. 3부에 장치된 운문시는 존재의 전이를 실현할 수 있는 방법, '노래'로서의 시와 존재의 근본 물음을 사유한다.

이야기는 이야기되어지는 사람들에 대한 기억을 불러일으키고 그 사람들의 이야기가 다른 이야기histoire가 될 수 있는 가능성을 열어준다. 이야기하는 사람과 이야기에 감화된 사람을 다른 존재로 전이시킨다. 마침내 죽은 자와 살아남은 자가 하나의 만남을 이뤄내고 다른 존재로의 전이를 실현하는 이야기'들'. 그것은 존재의 전이를 이뤄내는 시와 노래이며 사랑과 혁명이다. 지금 '나'의 죽음 너머 다른 '나'와의 만남이다. 1인칭 단수 '나'에서 1인칭 복수 '우리'로 이행하는 시적 주체의 혁명이다. 희고 검으며 딱딱하게 굳어가는 도시의 삶을 녹여내는 이야기들의 유채색 공동체共動體, "혁명의 이마"(「도서관」)를 꿈꾼다. 그 소음과 소란의 재갈거림이 노래처럼 들리는 시. 「시인의 말」에서처럼 "이것은 사랑에 관한 시"이며 "당신의 말"이 되는 시. 그리하여 첫 시 「망각」으로 시작하여 마지막 시 「노래」로 끝나는 『동물의 자서전』은 주제와 시적 형식의 상동성을 지닌다.

이기성은 이야기들 속에서 자신의 존재를 전이시킨 사람을 기억한다. 이야기를 통해 이전의 자신과 완전히 다른 존재를 만들어낸 시인. 타인을 통하여 타인 안에서 타인과 함께 있으면서 동시에 현재의 우리와 미지의 존재에게까지 사랑의 시학을 노래하고 삶으로 실행한 시인. "어떠한 인간적 문제이든 외면할 수 없는 것이 인간이 가져야 할 인간적 문제"임을 스스로 정립한 시인. 평화시장의 재단사 전태일(1948~1970). 이기성은 "오랫동안 1970년에 대해서 생각했다. 그리고 그것을 쓴다"라고 시집 뒤표지에 기록한다.

나는 돌아가야 한다. 꼭 돌아가야 한다. 불쌍한 내 형제의 곁으로, 내 마음의 고향으로, 내 이상의 전부인 평화시장의 어린 동심 곁으로. 생을 두고 맹세한 내가, 그 많은 시간과 공상 속에서, 내가 돌보지 않으면 아니 될 나약한 생명체들. 나를 버리고, 나를 죽이고 가마.
　　　　　　　── 전태일, 「1970년 8월 9일 일기」 부분

1970년에 그는 재단사였습니다. 가장 아름다운 옷을 짓기 위해 목소리를 버렸지요. 누가 검게 그을린 그 목소리를 주워 갔습니까?
그러나 당신은 1970년을 모르고, 그건 당신이 태어나기도 전의 일이겠지만, 노래는 1년 후에도 30년 후에도 아스팔트 위를 굴러다닐까요? 화염의 구멍이 별처럼 숭숭 뚫린 외투와 같은 노래는
　　　　　　　── 이기성, 「재단사의 노래」 부분

1970년 11월 13일. 22살의 전태일은 도시와 자본

의 폭력에 대하여 죽음 말고는 다른 항거의 방법을 찾지 못하여 죽음을 결단한다. 육체의 유한성을 넘어서는 무한한 사랑을 만인들에게 나누고자 자신의 몸에 불을 붙인다. 세계 어떤 곳의 어떤 노동운동사에서도 없었던 유일한 저항의 방법으로 어둠을 밝히는 불꽃이 된다. 문서에 불과한 '근로기준법'을 불태우면서 "우리는 기계가 아니다!" "근로기준법을 준수하라!" "내 죽음을 헛되이 말라!"는 외침과 함께 붉게 타올랐다가 검게 그을렸다가 온몸이 잿빛 회색 숯등걸이 된다. 그는 "가장 아름다운 옷을 짓기 위해 목소리를 버"린다. 그가 일기에 쓴 "어떤 문장은 얼음 바다보다 깊"(「동물의 자서전」)다. "나는 절대로 어떠한 불의와도 타협하지 않을 것이며, 동시에 어떠한 불의도 묵과하지 않고 주목하고 시정하려고 노력할 것"이라고 쓴다. 그는 자신의 문장을 온전히 살아내면서 죽는다. 죽어서 "돌보지 않으면 아니 될 나약한 생명체들" 곁으로 되살아 돌아온다. 그를 기억하는 사람들에게 존재의 전이를 강력하게 일으키는 시와 노래와 사랑의 불씨가 된다. 전태일이라는 회색 숯등걸의 불씨에서 점화되어 시와 노래와 사랑의 불꽃으로 타올랐던 자기 존재의 전이 경험을 이기성은 회색의 변증법으로 사유한다. 그러나 지금 '동물의 자서전'을 쓰는 도시에서 사람들은 전태일을 잊었거나 알지 못한다. "내 죽음을 헛되이 말라!"는 유언 앞에서 이기성은 묻는다. "맨발로 죽기 전에 우리는 무슨 말을 하게 될까"(「도착할 때」). 인간이 된다는 것은 무엇인가. 시인은 어떤 시를 써야 하는가. "너는 어디에서 왔는지"(「검은 식당에서」) 묻는다. 시와 존재의 근본 물음을.

더러운 신문지를 덮고 누운 노인이 앙상한 손을 뻗어 그걸 집어 들고 천천히 읽기 시작합니다 그것은, 그것은…… *아마도 사랑에 관한 시일 것이다*
—「사랑에 관한 시」 부분

우리는 조금씩 흔들리지만 누구도 풀이 아니기 때문에 여기에 있다.
풀이 되지 못해서 조금씩 흔들리지만 풀이 되려고 흔들리는 것은 아니다.
너의 이름을 알지 못해서 풀이라 부르기로 한다.
—「풀이 되다」 부분

무지와 망각과 무관심 속에서 "하얀 종이를 떨어뜨리"(「사랑에 관한 시」)는 당신에게 시인이 쓰고 싶은 시는 전태일의 "사랑에 관한 시"이다. "언젠가 어린 시인이 태어나 그의 문장을 낭독할"(「시인의 죽음」) 시이다. 노숙자 노인이 읽어서 다른 존재로의 전이를 경험할 시. 전태일처럼 삶을 시로 쓰지 않는 한 시는, "낫처럼 날카로운 시간에 영원히 찢겨"(「시」)질 것이다. 그러나 저 사랑의 시를 통해 다른 존재로의 전이를 경험한 시인은 다시, "검은 종이에 무엇을 쓰려고 연필을 들"(「밤의 아이」) 수밖에 없다. 전태일의 삶처럼 시를 쓸 수 없고 죽음 앞에서 언어와 육체의 유한성을 체감하면서 흰 종이에 쓰는 시는 실패할 수밖에 없다. 그럼에도 불구하고 전태일을 기억한다는 것. 그것은 소외된 노동자와 빈곤한 사람들의 공동체共同體 안에서 공동체共動體를 통하여 공동체와 함께 심려하는 사람이 되는 일이다. 사람을 기억하고 사람이 되기 위해 흔들리며 이름 없는 '풀'을 노래하는 시인이 되는 일이다. "사람이 사람을 아끼는 날/소음이 더욱 번성하다 남은 날"임을 상기하고 "지상의 소음이 번성하는 날은/하늘의 소음도 번쩍" 한다는 것을 예감하는 일이다(김수영, 「여름밤」). 김수영의 「풀」 연장선에서 이기성의 고유한 '풀' 연작으로 탄생한 「풀이 되다」와 「풀」은 잿빛 회색의 육체에서 흔들리고 있는 이름 없는 존재의 불씨를 발견한다. 그리하여 사람이 된다는 것은 기억하고 심려하는 감정의 불씨에 불을 붙이는 일이다. 이기성의 시는 사람을 기억하고 심려하는 회색 사유자의 노래이다. ▨

하나의 감정을 버리고
너는 사람이 되었다

사람이 되기 위해 나는
하나의 감정을 더하고

밤에는 새들이 와서
몇 개의 감정을 물고 사라졌다

베어 문 사과처럼
가장자리가 붉게 썩어가고
신 침이 흐르는 감정

밤하늘처럼 조금씩 다가와서
너를 이루었다가 다시 흩어졌다

너를 묻고 나는
노래하는 사람이 되었다

너를 위해서
조금의 감정이 필요하고
그것은 풀처럼 조용한 것이다

—「풀」전문